Para Richard

Original title: *One Gorilla*
Text copyright © 1990 by Mathew Price
Illustrations copyright © 1990 by Atsuko Morozumi
Spanish translation copyright © 1996 by Farrar, Straus and Giroux
All rights reserved
Produced in Great Britain by Mathew Price Ltd.
First published in Great Britain by The Bodley Head Children's Books, 1990
Library of Congress catalog card number: 96-1880
Printed in Hong Kong
First American edition, 1990
Mirasol edition, 1996
12 11 10 9 8 7 6 5 4

UN
GORILA

Un libro para aprender a contar

Atsuko Morozumi

Traducido al español por Rita Guibert

MIRASOL / *libros juveniles*
Farrar, Straus and Giroux
New York

Aquí hay una lista de las cosas
que me gustan.
Un gorila.

Dos mariposas entre las flores
y un gorila.

Tres periquitos en mi casa
y un gorila.

Cuatro ardillas en el bosque
y un gorila.

Cinco pandas en la nieve
y un gorila.

Seis conejos en el campo
y un gorila.

Siete ranas alrededor de la cerca
y un gorila.

Ocho peces en el mar
y un gorila.

Nueve pájaros entre las hojas
y un gorila.

Diez gatos en mi jardín
y un gorila.

10 gatos

9 pájaros

8 peces

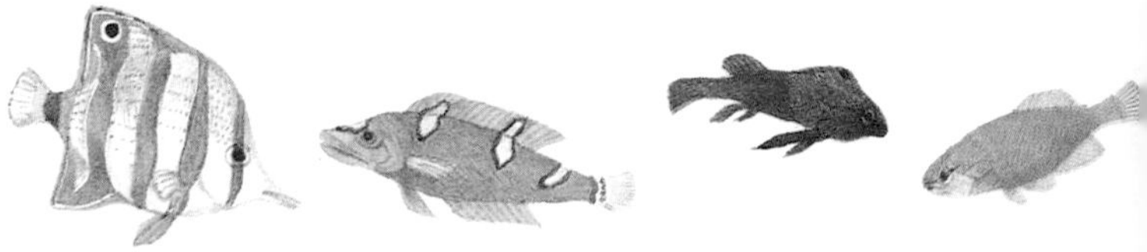

7 ranas

6 conejos

5 pandas

4 ardillas

3 periquitos

2 mariposas

¿Pero dónde está mi gorila?

¡Ah! está ahí.